Coup de théâtre au club

Les auteurs

Il y a un peu plus de vingt ans, **Geneviève Lecourtier** et **Christine Féret-Fleury** rêvaient toutes les deux d'écrire et de vivre entourées de chevaux. Depuis, Geneviève a créé son centre équestre en Provence, et Christine, après avoir travaillé dans l'édition, est devenue écrivain. Mais il leur restait un rêve à réaliser : elles ont donc décidé de conjuguer leurs talents pour faire partager aux jeunes lecteurs leur commune passion pour l'équitation.

Christine Féret-Fleury
Geneviève Lecourtier

En Selle!

Coup de théâtre au club

POCKET
jeunesse

Pour Jo...
et Jo

Loi n° 49 956 du 16 juillet 1949 sur les publications destinées à la jeunesse : novembre 2003

ISBN : 2-266-12144-8

1

Au moment où j'atterrissais, pour la dixième fois de l'après-midi, sur le sable de la carrière, j'ai cru entendre quelque chose se déchirer. Je me suis relevée, un peu étourdie ; j'avais roulé sur moi-même sans me faire mal, mais j'étais couverte de poussière de la tête aux pieds et j'avais l'impression que ma gorge était en feu.

— Pouce ! J'ai trop soif !

J'ai levé la main et je me suis dirigée vers la tribune, où nous avions déposé une bouteille d'eau minérale avant de commencer la séance de voltige. Il faisait tiède encore en cette fin d'octobre et les bambous, près de la barrière, se balançaient dans le vent léger. J'ai passé une main sale sur mon visage – qui devait être tout aussi sale – en me demandant d'où venait ce courant d'air plus frais qui me donnait la chair de poule.

Je n'ai pas tardé à le savoir : un énorme éclat de rire s'est élevé dans mon dos.

Je me suis retournée. Au milieu de la carrière, Jessica, mon insupportable petite sœur, et Alix, notre meilleure amie à toutes les deux, se tenaient les côtes en hoquetant ; Hélène, la monitrice, qui est aussi la mère d'Alix, souriait franchement ; quant à Luc, qui tenait Dalat en longe, son visage virait au cramoisi.

— Je peux savoir ce qu'il y a de si drôle ?

Alix et Jessica ont pouffé de plus belle. Elles semblaient incapables d'articuler un seul mot. Luc a volé à leur secours :

— C'est ta, enfin ton, euh...

Je commençais à m'énerver.

— Ma, enfin mon ? Tu ne pourrais pas t'exprimer clairement pour une fois ?

Hélène est intervenue :

— Léa, Luc veut dire que... la couture de ton pantalon vient de craquer.

Bien sûr, il a fallu que Jessica ajoute son grain de sel.

— Et tout le monde peut voir que tu as une préférence pour le coton blanc à fleurs bleues ! a-t-elle conclu en s'étouffant de rire.

J'ai senti que je devenais écarlate. Heureusement, Alix a compris que la plaisanterie avait assez duré.

— Mon sweat-shirt est dans la tribune, tu n'as qu'à le nouer autour de ta taille, on ne verra rien. Tu veux que je te prête une de mes culottes de cheval ?

Je me suis forcée à sourire.

— Tu oublies que je te dépasse d'une bonne tête, la puce ! Mais merci pour le sweat, je te le rendrai samedi. Je vais m'asseoir là-bas et vous regarder. À mon tour de rire !

Je suis sortie de la carrière, dignement, en m'efforçant de cacher les dégâts ; je devais ressembler à ces figures qu'on voit sur les fresques égyptiennes, le corps de face et la tête de profil. Heureusement, la tribune était vide. J'ai noué les manches du sweat-shirt d'Alix autour de mes hanches et je me suis assise dans l'un des fauteuils de jardin pour suivre le reste de la leçon.

Hélène avait repris la longe de Dalat, qui décrivait à présent autour d'elle un large cercle. D'un claquement de langue, elle lui a fait prendre un galop rassemblé. Un bon cheval de voltige doit avoir des allures régulières, et pour cela Dalat est parfait, calme et souple. De plus, il ne s'affole pas facilement : je l'ai déjà vu brouter paisiblement au bord d'une nationale où passaient des camions !

— Alix, à toi ! a dit Hélène.

Alix a couru se placer à côté du cheval. Elle a saisi à deux mains les poignées du surfaix de voltige et a commencé à régler ses foulées sur celles de Dalat, rebondissant légèrement sur le sable humide. Puis, se laissant porter par le rythme du galop, elle a bondi, pour retomber à califourchon sur le large dos de sa monture. Elle a enchaîné les figures : le moulin, où le cavalier exécute un tour complet ; l'essuie-glace, qui consiste à se placer en amazone, à gauche, puis à droite, le plus vite possible, les jambes bien tendues ; enfin, l'étendard, un genou reposant sur le cheval, la jambe opposée en arabesque, comme une danseuse.

— À terre, à cheval !

En un éclair, la jambe d'Alix a survolé l'encolure de Dalat. Sans lâcher les poignées, elle a sauté à terre ; la pointe de ses pieds, chaussés de tennis, a touché le sol, à peine – elle était déjà remontée.

— Ciseaux !

Alix a plongé en avant, s'appuyant sur ses bras, jambes croisées. Une seconde après, elle était assise à l'envers. Elle a répété l'exercice dans l'autre sens, sans effort apparent. Je me suis frotté l'épaule avec une grimace : mes muscles se ressentaient encore de mes nombreuses chutes. Décidément, je n'étais pas douée pour la voltige... Je réfléchissais trop, je ne sentais pas le rythme du cheval. Tout allait trop vite. J'ai dit à haute voix :

— Ce serait bien si, dans la vie aussi, on pouvait de temps en temps s'asseoir et regarder...

— Tu philosophes, Léa ?

La porte de la tribune venait de s'ouvrir. Pour cacher mon embarras, j'ai grimacé quelque chose qui pouvait passer pour un sourire de bienvenue.

— Oh, salut, Juliette.

Juliette est la meilleure amie d'Hélène. Quelques mois auparavant, elle avait été victime d'un terrible accident de la route, ce qui nous avait valu de passer une nuit blanche, une nuit que je n'oublierai jamais[1]. Mékong, le poulain d'Alix, était né cette nuit-là, et les choses auraient pu mal tourner, car Hélène se trouvait à l'hôpital. Heureusement, tout s'était bien terminé et Juliette poursuivait avec courage la rééducation de sa jambe, qui la faisait encore souffrir.

Elle a posé sa canne dans un coin et s'est assise près de moi en poussant un soupir de soulagement.

— Ouf ! J'ai perdu l'habitude de ces petits chemins pleins de pierres, et j'ai l'impression d'avoir quatre-vingts ans ! Mais c'est très bon pour moi, le tout-terrain !

Sur la piste, Luc venait d'enfourcher

1. Voir *En Selle !* t. I, *Un poulain est né*.

Dalat à la force des bras. Hélène le reprenait :

— C'est l'élan de la jambe qui doit te propulser, Luc. Essaie de nouveau.

Juliette s'est tournée vers moi.

— Qu'est-ce que tu disais, quand je suis entrée ?

— Euh... rien. Je... J'essayais de me souvenir de mon cours de français. On a un contrôle, demain.

— Ah ? Et c'était de qui, cette citation ?

— Oh... Pascal.

— C'est drôle, ça ne me dit rien, a murmuré Juliette. Il est vrai que c'est loin, tout ça. Je devrais peut-être me replonger dans les *Pensées*. Je me souviens que j'avais trouvé ça très ennuyeux, à ton âge... Non, c'est vrai, tu as deux ans d'avance, j'oubliais. Tu es rentrée en seconde en septembre. Ça ne doit pas être facile à vivre tous les jours, non ?

J'ai répondu avec précipitation :

— Si, si, tout va bien, merci.

Juliette s'est tue. Elle m'a enveloppée d'un regard aigu, puis a reporté son attention sur Luc qui lançait des balles sur les cibles disposées autour de la piste. Hélène pratique souvent ce jeu avec les débutants, elle dit que cela leur permet d'oublier qu'ils sont à cheval ; du coup, ils se détendent et leurs appréhensions disparaissent.

J'ai fourré mes mains au fond de mes poches et serré les poings. Comment Juliette avait-elle deviné ? Oh non, ce n'était pas facile à vivre tous les jours, d'être la plus jeune d'une classe de trente élèves, dont certains avaient trois ans de plus que moi ! Et ce n'était pas un problème de niveau scolaire : j'avais de bonnes notes. Comme toujours. Mais pour tout le reste, j'avais l'impression d'être tombée d'une autre planète. Le pire, c'étaient les filles : elles se comportaient exactement comme si je n'existais pas. Elles passaient devant moi, à la sortie des cours, en allumant une cigarette, elles riaient très fort en démarrant leur scooter pendant que j'ouvrais le cadenas de la chaîne qui retenait mon vélo, elles échangeaient des disques et des mots griffonnés sur leurs agendas, et quand elles m'effleuraient du regard, c'était avec une sorte de pitié qui me mettait en rage. J'avais beau me dire, en toute mauvaise foi, qu'elles avaient un petit pois dans la tête, je les enviais. J'enviais leur assurance, leur liberté, et même leurs vêtements ; je les détestais, et j'avais envie de leur ressembler. Seulement voilà : je n'y arriverais jamais, même si je vivais mille ans. Je n'avais que treize ans, je n'aimais que les livres, les échecs et les chevaux, et quand je me regardais dans la glace le matin, je voyais une gamine.

Alors que, dans ma tête, je me sentais adulte. Mais j'étais la seule à le savoir.

— Léa ? Tu dors ?

La voix d'Alix semblait venir de très loin. J'ai sursauté. La leçon était terminée. Luc emmenait Dalat vers les écuries pour lui enlever son surfaix et le brosser. Je n'avais pas vu les autres approcher.

— Pardon, je réfléchissais. J'étais un peu dans la lune, je crois.

— Mmm. Je vois ça. Dis donc, vous avez prévu quoi, Jess et toi, pour les vacances d'automne ?

— Qu'est-ce que tu crois ? a répondu

Jessica. On va passer tout notre temps ici ! On s'occupera du poulain, et...

Je l'ai interrompue :

— ... Et tu rattraperas tous les cours de maths que tu as manqués à cause de ton angine.

— Oh, ne joue pas les rabat-joie, Léa. Je veux m'entraîner pour les prochains concours. Et on fera une fête !

— Justement, a dit Alix. L'année dernière, on avait fait une fête avec les stagiaires qui étaient venus pendant la semaine des vacances.

— C'était génial ! a crié Jessica. Je me souviens ! Le thème du stage, c'était l'attelage. On avait décoré les voitures et les harnachements des chevaux, et tout le monde s'était déguisé !

— Tu crois que je vais pouvoir en placer une ? Léa, tu ne veux pas la bâillonner ? Bon, cette année, le thème, c'est le théâtre équestre.

— Super !

Alix a attrapé Jessica par le cou et lui a plaqué une main sur la bouche en riant.

— D'habitude, c'est ma tante Nathalie

qui s'occupe de l'organisation du dortoir, de la cuisine, des costumes, des décors, tout ça. Mais cette année, elle ne peut pas. Alors j'ai eu une idée : nous pourrions donner un coup de main, toutes les trois. En échange, vous monterez gratuitement. Ça vous tente ?

Jessica, qui se tortillait pour échapper au bras d'Alix, a articulé, à bout de souffle :

— Et Luc ?

— Luc est inscrit au stage. Mais nous, nous serions comme des aides monitrices, en fait.

— C'est une idée fantastique, Alix, a dit Juliette. Ta mère va avoir besoin d'aide. Et puis, ça vous changera les idées, non ?

J'ai eu l'impression qu'elle me regardait en prononçant ces mots. Elle avait raison : je ne pouvais pas rêver mieux pour me changer les idées.

Du moins, c'est ce que je croyais.

2

— Alors, bébé rose, on essaie de jouer dans la cour des grands ?

J'ai relevé le nez de mon livre. Il était quatre heures de l'après-midi et c'était le dernier jour de cours. Comme la prof de maths était absente, j'avais décidé de profiter du soleil et je m'étais installée sur un banc, près du gros platane au tronc bosselé dont l'écorce porte les signatures indélébiles de générations de lycéens. Il y a même les initiales de mon père, avec la date : 25 juin 1974 !

Je connaissais de vue le garçon qui se tenait debout devant moi, me dominant de toute la hauteur de son mètre quatre-vingts. Il s'appelait Ludovic, était en première L et faisait partie, comme moi, du club d'échecs.

Comme il me toisait avec un petit sourire supérieur, j'ai répliqué, sur la défensive :

— C'est plutôt toi qui joues dans ma cour, en ce moment, non ?

Son sourire s'est accentué.

— Tu as la langue bien pendue, dis donc ! Mais ça ne te servira pas à grand-chose, ce soir !

— Ce soir ?

— Le tournoi d'échecs ! Il paraît que c'est toi, mon adversaire. Terrible adversaire, en effet ! Je suis tétanisé de peur ! Je me demande à quoi ils pensent ; j'avais espéré rencontrer un joueur de mon niveau.

Il a bâillé.

— Ça va être du gâteau... Enfin, pour moi ! Mais comme je suis un garçon correct, je veux être sûr que tu ne m'en voudras pas trop si tu es mat en dix minutes. Tu sais, tu devrais jouer avec des gens de ton âge, ce serait mieux pour tout le monde.

Il s'éloignait avec une grimace railleuse. Furieuse, j'ai lancé dans son dos :

— Je me passe de tes conseils, merci !

Et voilà. Ça recommençait ! Personne ne me prenait au sérieux. L'année dernière, au collège Georges-Brassens, tout le monde me connaissait et je connaissais tout le monde. J'étais en avance, bon, il n'y avait pas de quoi en faire un plat. Les profs m'aimaient bien, les élèves aussi ; je me sentais à l'aise. Je n'étais pas une bête curieuse, ni le petit génie de service. Et puis Alix fréquentait le même établissement ; nous n'étions pas dans la même classe, mais nous pouvions nous retrouver à midi et entre les cours. Depuis la rentrée, je suis toujours seule. J'ai été admise, grâce à mon dossier, dans le meilleur lycée du département. J'ai failli demander à mes parents de m'inscrire au lycée de Saint-Andréol, où sont allées toutes mes copines ; mais là-bas, il n'y a pas de club d'échecs. Et puis, ils auraient été tellement déçus ! Alors j'ai décidé de tenir le coup encore un peu. Mais là, trop, c'était trop. De quoi se mêlait-il, ce type, avec ses grands airs ? Il se prenait pour Kasparov ou quoi ? En ce cas, je lui réservais une surprise...

Quand je suis entrée dans le foyer, la salle était silencieuse. D'habitude, entre le vacarme de cinquante conversations menées à tue-tête et le claquement des balles de ping-pong sur les tables de ciment, on a plutôt intérêt à se boucher les oreilles ! Des tables avaient été alignées en une longue file rectiligne, toutes occupées par deux joueurs absorbés dans leur partie. Non... presque toutes. Près de la porte à double battant menant au self, Ludovic était assis sur une chaise trop basse pour lui et regardait sa montre.

— Ah, te voilà enfin, m'a-t-il jeté avec impatience. J'ai une vie après le lycée, moi, figure-toi. Je ne me couche pas à neuf heures dans mes draps à fleurettes, bordé par papa-maman... Bon, on y va ?

J'ai enlevé mon blouson et je me suis assise en face de lui. Mieux valait ne pas répondre. Il essayait de me provoquer, de me faire perdre mon calme. Mais il n'y arriverait pas. Pas ce soir. J'étais concentrée, sûre de moi.

Le sort m'a attribué les blancs. C'était donc à moi de commencer. En réponse à mon ouverture, Ludovic a déplacé son premier pion presque sans le regarder et s'est aussitôt replongé dans la lecture du magazine de photo qu'il avait posé sur la table à côté de l'échiquier. Il se désintéressait si manifestement de la partie que j'ai ressenti soudain une bouffée d'angoisse. J'ai fermé les yeux. Je n'allais pas me laisser manœuvrer de cette façon ; j'allais jouer le mieux possible, en profitant au maximum du temps de réflexion auquel j'avais droit entre chaque coup. Et s'il s'énervait, tant pis pour lui.

Nous sommes parvenus ainsi, très lentement, au dix-septième coup. Peu à peu, Ludovic s'était redressé ; il avait repoussé le magazine qui était, sans qu'il y prît garde, tombé sur le sol. De temps à autre, il passait une main dans ses cheveux et me dévisageait en fronçant les sourcils.

Tout à coup, son visage s'est détendu. J'ai observé les pièces avec attention. Je venais d'amener un pion jusqu'à l'avant-dernière case, C2 ; il ne me restait plus qu'à l'amener en C1 pour faire une nouvelle dame. Alors pourquoi mon adversaire semblait-il si réjoui ? Je me suis concentrée sur les coups à venir.

« Si je fais une dame... il va m'attaquer avec le fou... et je riposterai avec le cavalier. Jusque-là, tout est normal. Évidemment, il a encore un pion libre, et il peut menacer ma tour en D7... »

J'ai relevé les yeux. Dans le regard de Ludovic se lisait une expression de défi narquois. Je me suis forcée à demeurer impassible. J'avais compris.

« ... Et même si je fais échec avec le cavalier, je serai battue en neuf ou dix coups. Bien vu, Ludovic. Mais tu devrais apprendre à te contrôler davantage. Tu t'es grillé. »

J'ai avancé la main. Sous mes paupières baissées, j'épiais chaque expression du visage de mon adversaire. J'ai effleuré le pion : les coins de ses lèvres ont frémi. Ma main est restée un instant en suspens... puis est allée se poser fermement sur le roi, en G8. J'ai saisi la pièce et je l'ai déplacée. Hors d'atteinte. Définitivement. Ludovic avait perdu. Oh, il aurait pu continuer la partie, dix ou douze coups encore. Mais il était battu. J'ai posé ma main à côté de l'échiquier, et j'ai observé, l'air détaché, le dessin des veines sous ma peau.

— Espèce de petite...

D'un revers de main, Ludovic a balayé les pièces, qui se sont éparpillées par terre avec un crépitement sec.

— Alors, bébé rose, on essaie de jouer dans la cour des grands ?

J'avais parlé d'une voix basse mais distincte. Je jubilais. Ludovic a serré les poings.

— Tu te crois superforte, n'est-ce pas ? Ça te plaît vraiment, d'être un singe savant ? Parce que c'est ce que tu es, ma petite. Et tout le monde se moque de toi. Tu en es consciente, au moins ? Tout le monde. Un phénomène de foire, voilà ce que tu es. Et je ne t'envie pas.

Il a ramassé sa parka, a repoussé violemment sa chaise, qui a heurté la table avec un bruit sourd. Toutes les têtes se sont tournées vers nous. Je n'ai pas bougé. J'avais gagné, j'aurais dû être heureuse. Mais je me sentais aussi misérable qu'un chaton mouillé. J'ai attendu que les joueurs soient retournés à leur partie et je suis sortie de la salle. Si j'avais pu me rendre invisible, je l'aurais fait.

3

Le premier jour du stage, Jessica et moi étions à pied d'œuvre à huit heures du matin pour préparer les lits des pensionnaires. Hélène avait jugé un concours de dressage toute la journée du dimanche et n'avait pas eu le temps de s'en occuper.

— Je file à la gare ! nous a-t-elle crié alors que nous descendions de vélo devant les écuries. Il y en a quatre qui arrivent par le train de 8 h 30 ! Alix vous montrera où est le linge. Je vous fais confiance !

Jessica s'est étirée en se frottant les yeux.

— J'espère qu'elle nous montrera aussi où sont les provisions... Je ne dirais pas non à un deuxième petit déjeuner, et toi ?

J'ai réprimé mon agacement. C'était vraiment typique de Jessica : l'enthousiasme d'abord, la flemme ensuite.

— Écoute, Jess, nous avons accepté des responsabilités...

— ... Et nous devons les assumer jusqu'au bout, a-t-elle achevé d'une voix monocorde, comme si elle récitait une table de multiplication. J'ai l'impression d'entendre ma prof d'éducation civique. Ce que tu peux être rasoir...

J'allais répliquer vertement, mais elle a pressé le pas et est entrée dans le club-house. Je l'ai suivie.

Debout dans un coin de la grande pièce qui sert de lieu de réunion aux cavaliers du club et de salle à manger pendant les stages, Alix, au milieu d'un beau désordre de couvertures dépliées, d'oreillers et de sacs de supermarché pleins à craquer, semblait très occupée à pianoter sur le rebord de la fenêtre. Le regard lointain, elle murmurait pour elle-même :

— Oui, c'est ça... En fait, il faut ralentir à ce moment-là, pour bien détacher les arpèges à la main gauche, comme ça... et le trille... pam-palalalalala-lalala...

J'ai levé les yeux au ciel. Il ne manquait plus que ça ! Alix commençait déjà à préparer le concert de Noël ! Depuis que Mme Toledo, son professeur de piano, lui avait demandé de travailler une sonate de Mozart pour cette occasion, elle se promenait partout avec la partition et chantait sans arrêt.

— Alix ?

Elle a tourné vers moi des yeux embrumés.

— Oh, c'est vous ? Déjà ! Je voulais déblayer un peu avant votre arrivée, mais...

— Mais tu as pensé à autre chose, comme d'habitude. Bon, au travail, maintenant ! Jessica, puisque tu es tellement attentive au problème du ravitaillement, tu vas ranger tout ça dans la cuisine. Où sont les draps ?

Naturellement, Alix n'en avait pas la moindre idée et il a fallu que je fouille tous les placards. Pendant ce temps, elle ramassait les oreillers éparpillés en chantonnant le thème du mouvement lent de sa sonate ; comme elle est douée d'une jolie voix d'alto, assez grave, c'était plutôt agréable, mais pas du tout efficace car elle s'interrompait fréquemment pour battre la mesure.

J'ai pris les choses en main et partagé les tâches. Alix et Jess sont allées faire les lits de la chambre des garçons. Je leur ai demandé de ne pas traîner et de me rejoindre ensuite au premier étage du club-house pour m'aider à préparer le dortoir des filles, huit lits en tout, puisque nous avions décidé de dormir avec les cinq stagiaires. Ce serait plus amusant que de rentrer à la maison tous les soirs, avait déclaré Jessica. En mon for intérieur, je pensais que ma présence ne serait pas de trop pour calmer les chahuts et décréter l'extinction des feux à une heure raisonnable. Il fallait bien que quelqu'un le fasse !

Je ne sais pas comment Alix et ma sœur se sont débrouillées, mais j'ai terminé la première, bien entendu. Lorsque je suis entrée dans la chambre bleue, elles regardaient par la fenêtre et commentaient l'arrivée des stagiaires, qui sortaient leurs sacs à dos du coffre de la voiture.

— Regarde, Alix, le garçon, là, à côté de

Luc ! Qu'est-ce qu'il est mignon ! Tu as vu ses yeux ?

Jessica était visiblement sous le charme. Elle a continué à jacasser, pendant qu'Alix sifflotait du Mozart et que je tirais les draps en hâte pour rendre l'ensemble plus présentable. Vraiment, elles exagéraient !

— Venez, je veux le voir de plus près !

Avant que j'aie pu protester, Jess nous a attrapées chacune par un bras et nous nous sommes retrouvées dans la cour. Aussitôt, elle s'est dirigée droit vers l'objet de son admiration.

— Bonjour, je m'appelle Jessica, et voici Léa et Alix. C'est la première fois que tu viens ici ?

Il a hoché la tête.

— Tu habites à Puymarin ? J'ai l'impression de t'avoir déjà vu au collège... Tu es en quelle classe ?

Pas de réponse.

— J'adore les garçons silencieux, a claironné Jessica. Comme ça je peux dire tout ce qui me passe par la tête sans être interrompue ! Si tu as besoin de quoi que ce soit, ne te gêne pas. Alix, Léa et moi avons l'honneur d'assurer la fonction d'« aide pédagogique » pendant ce stage !

Le garçon – il devait avoir onze ans, l'âge de Jess – roulait des yeux ronds en faisant signe qu'il ne comprenait pas.

— Ça y est ! J'ai trouvé ! Tu n'es pas français ! Lola et Margaux non plus, les deux filles, là-bas. Elles sont américaines ; elles vivent à New York mais elles viennent chaque année. Nous organisons des stages internationaux au club des Garrigues ! C'est formidable, non ?

Hélène s'est approchée.

— Jess, tu vas devoir faire un gros effort si tu veux communiquer avec Mathieu, et arrêter de catapulter tes mots à la vitesse d'une cible de ball-trap ! Il faut que tu parles len-te-ment et que tu ar-ti-cu-les. Mathieu est sourd, mais il sait lire sur les lèvres.

Jessica a ouvert la bouche toute grande.

— Ah... on dirait que j'ai encore fait une gaffe !

— Tu ne pouvais pas deviner, a répondu Hélène. Puisque je suis là, je vais continuer les présentations : Mathieu, voici Luc et

Thomas. Vous vous installerez tous les trois dans la chambre bleue. Et voici les filles, Hayat, Lola, Margaux, Mathilde et Chloé, qui dormiront au-dessus du club-house. Posez vos bagages là. Pour l'instant, vous allez préparer vos chevaux.

Elle s'est tournée vers moi.

— Léa, peux-tu t'occuper de Mathieu ? Il doit savoir seller et brider puisqu'il a passé son Galop 2. Mais il ne connaît pas les installations du club. Il va monter Vinh. Elle est douce et allante, ce sera parfait pour la première reprise. Les autres, vous accompagnerez Alix et Jessica à la sellerie.

Sous le regard dépité de ma petite sœur, j'ai entraîné Mathieu vers les écuries. Je me sentais enfin utile, et j'étais assez fière qu'Hélène m'ait confié une mission aussi importante : prendre en charge un « handicapé ». J'allais l'aider, lui faciliter le premier contact avec les chevaux du club, lui apprendre tout ce que je savais...

Les choses, en fait, se sont passées de façon assez différente de ce que j'avais imaginé.

Mathieu a abordé Vinh sans aucune

crainte, lui a mis son licol et a voulu la faire sortir de son box pour la panser dehors. J'ai essayé de lui faire comprendre qu'il fallait d'abord lui curer les pieds, pour ne pas salir l'allée cimentée qui court devant le bâtiment. Mais il n'était pas attentif aux mouvements de mes lèvres et interprétait mal mes gestes. J'ai fini par prendre moi-même brosse et cure-pieds ; il m'a regardé faire en fronçant un peu les sourcils, visiblement perplexe. Nous étions les premiers dans la carrière, et avec une jument impeccablement brossée... mais j'avais l'impression désagréable de n'avoir pas été à la hauteur de ma tâche de pédagogue, puisque j'avais tout fait à la place de mon élève.

Les huit stagiaires étaient à peu près du même niveau en équitation. Luc, qui ne prenait des cours que depuis six mois, était déjà très à l'aise et se débrouillait avec n'importe quel cheval. Tous les autres, excepté Thomas, Lola et Margaux, étaient des habitués et préparaient le Galop 3. Mathieu a suivi facilement la détente, pendant laquelle les cavaliers restent les uns derrière les autres, à une distance d'environ trois mètres. Tous se sont échauffés, au pas et au trot ; ensuite, Hélène a voulu leur faire exécuter quelques exercices individuels. Elle s'amusait à donner quelques consignes en anglais à l'intention de Lola et de Margaux, qui reprenaient ses phrases en riant et en parodiant son accent !

Jusque-là, tout se passait bien. Le thème de la leçon étant les changements de direction, les stagiaires devaient apprendre à utiliser des figures simples de manège. Lola s'est montrée la plus fantaisiste en traçant des voltes qui avaient davantage la forme de pommes de terre bio que de cercles parfaits !

Au bout d'un moment, Hélène a demandé, en articulant soigneusement :

— Qui peut m'expliquer ce qu'est une diagonale ?

Mathieu a levé le doigt et, sans attendre, a quitté la piste après le petit côté ; il a traversé la carrière en une belle oblique pour atteindre le coin opposé. Il avait une main douce et Vinh, mise en confiance, n'a manifesté aucune défense.

— C'est parfait, a dit Hélène en fermant le poing, le pouce vers le ciel.

Mais tout s'est gâté quand elle a donné l'ordre de partir au galop. Mathieu ne respectait pas les distances de sécurité, et sa jument s'est approchée tellement près de Tonkin, le cheval qui la précédait, que celui-ci a couché les oreilles, exprimant ainsi son mécontentement.

Hélène a essayé de mettre Mathieu en garde ; elle a élevé la voix puis, se ravisant, elle a fait de grands signes pour prévenir l'imprudent qui, tout à son plaisir de se laisser porter par une monture confortable, ne s'est aperçu de rien. Tonkin s'énervait de plus en plus, les oreilles toujours couchées, l'air menaçant. Il a d'abord soulevé légèrement la croupe, puis, soudain, a botté violemment. Nous avons entendu un claquement métallique et Vinh s'est déportée sur le côté.

La monitrice a couru vers Mathieu. Heureusement, il y avait plus de peur que de mal pour cette fois : le coup de sabot avait atteint l'étrier. Hélène a expliqué au jeune garçon, à grand renfort de gestes, qu'il devait la regarder très souvent ; elle a insisté sur le fait qu'à cheval le respect des consignes était indispensable pour assurer la sécurité de chacun.

Mathieu s'est appliqué pendant une dizaine de minutes, mais, très vite, son attention a recommencé à dériver. Son regard suivait les pies qui s'envolaient des buissons, s'attardait à la cime des grands pins... Je brûlais d'envie d'intervenir et j'ai commencé à me glisser sous la barrière. Hélène m'a arrêtée d'un geste. Un peu vexée qu'elle ne désire pas mon aide, je suis restée sur place. Mathilde, l'une des stagiaires, est alors allée se placer d'elle-même devant Mathieu pour lui montrer les figures. Peu à peu, les autres cavaliers se sont mis à répéter les ordres de la monitrice à l'intention du jeune sourd ; il y en avait toujours un dans son champ de vision.

À la fin de la reprise, Hélène m'a rejointe.

— Qu'en penses-tu ? Moi, je suis épatée ! J'ai souvent observé comment se constituent les groupes pendant les stages : les petits clans, les meneurs, les exclus, le courant qui passe ou ne passe pas... Cette fois, nous assistons à une belle manifestation de solidarité, non ?

Je n'étais pas convaincue.

— Bien sûr... Oui... Mais il risque d'empêcher les autres de travailler sérieusement.

Hélène m'a souri.

— Je ne crois pas. Et puis, il est peut-être plus important qu'ils apprennent à progresser ensemble... Dis-moi, Léa... Est-ce que tu ne prends pas tout ça un peu trop à cœur ?

Et elle est remontée vers les écuries, ramassant au passage un pull abandonné.

4

Après un copieux déjeuner – Alix ne sait faire que les spaghettis bolognaise, mais elle les réussit à la perfection – nous nous sommes tous retrouvés autour de la cheminée du club-house pour la première réunion de préparation du spectacle. Le soleil avait disparu derrière les nuages ; il faisait frais, aussi Hélène avait-elle allumé le feu. Elle a installé sa chaise près de la réserve de bois et a ouvert sur ses genoux un grand cahier.

— Mathieu, viens t'asseoir en face de moi... Vous êtes tous là ? Comme vous le savez, le thème de ce stage est le théâtre équestre. Cela ne veut pas dire que nous allons choisir une pièce de théâtre et la jouer à cheval ! Non, nous allons inventer notre propre spectacle. Il y aura des numéros très précis à travailler avec les chevaux, qui sont presque tous entraînés pour cela. Et chacun participera à l'écriture du texte, à la création des costumes et des accessoires. Mais d'abord, il nous faut une idée de départ, à partir de laquelle nous allons construire une histoire. C'est le moment de vous exprimer ! Je vais tout noter dans un premier temps, puis nous ferons le tri...

— Les Mille et Une Nuits ! a proposé Hayat. Les costumes seront fantastiques ! Il faudra des sabres, des lampes magiques, des apparitions de génies, des combats à cheval...

— Ce serait bien de reconstituer une grande bataille de l'histoire, a dit Thomas. Austerlitz, par exemple. Ou Waterloo. Ou la guerre de Cent Ans...

— Et pourquoi pas un tournoi du Moyen Âge ? s'est écrié Mathilde. Avec des armures !

J'avais aussi mon idée :

— Je crois qu'il serait intéressant de retracer l'histoire de l'équitation... en commençant par la domestication des premiers chevaux, il y a plus de cinq mille ans, sans oublier les chevaux mythiques comme Pégase, les courses de chars à Rome, la grande époque de l'équitation classique... J'ai des livres là-dessus à la maison.

— Tu as des livres sur TOUT, Léa, m'a interrompue Jessica en riant. Si nous te laissons faire, ce ne sera plus un spectacle, mais un cours magistral ! Avec le professeur Léa Fontaine !

J'ai haussé les épaules. Près de moi, Mathieu griffonnait quelque chose sur le petit carnet qui ne le quittait pas. J'avais remarqué, pendant le repas, qu'il s'en servait pour communiquer avec les autres. Peut-être ne pouvait-il pas parler ? Je lui ai souri. J'avais tellement envie de faire quelque chose pour lui ! Mais il ne m'a pas rendu mon sourire. Il a détaché une feuille de son carnet et l'a agitée en direction d'Hélène. Je me suis levée d'un bond pour la lui porter.

— Laisse faire Mathieu, Léa ! Il a deux bras et deux jambes comme toi !

Je me suis rassise. Décidément, personne ne semblait avoir besoin de moi...

La monitrice déchiffrait le mot de Mathieu.

— Mathieu suggère que nous nous inspirions des aventures de Zorro... C'est une bonne idée ! Mais il faut des rôles pour tout le monde, et nous risquons de trop nous centrer sur un seul personnage...

— Je sais ! s'est écriée Lola. C'est bientôt Halloween ! Si on inventait une histoire de sorcières ? Les costumes ne seraient pas très difficiles à faire !

— Imaginez des cavaliers tenant des citrouilles allumées ! a enchaîné Margaux. Ce sera *terrific* ! Est-ce que vous fêtez Halloween, en France ?

— Oui, depuis quelques années, a répondu Hélène. Mais...

— Je sais ce que tu vas dire, l'a interrompue Alix. Que tout ça, c'est pour faire marcher le commerce...

— Eh bien...

— Mais c'est une très, très vieille fête, a dit Margaux. Une fête celte. Elle a plus de deux mille ans !

Luc a pris la parole à son tour :

— Est-ce que vous connaissez la légende de Jack à la lanterne ?

Margaux a plissé le front.

— Je ne me souviens plus. Le Jack-O'Lantern, c'est la citrouille...

— Oui. Mais Jack était un vieil Irlandais avare qui passait son temps à boire sans jamais payer un verre à personne. Quand il mourut, il ne put entrer au Paradis, et le diable refusa de le laisser pénétrer en enfer. En le chassant, il lui lança une braise rouge, et le pauvre Jack, pour s'éclairer sans se brûler, la plaça dans un navet qu'il avait creusé avec son couteau. Depuis, il se promène avec sa lanterne... qui est devenue une citrouille quand les Irlandais ont émigré aux États-Unis.

Hélène avait écouté avec attention.

— C'est une bonne histoire, Luc. Et qui se prête bien au théâtre équestre. Jack, avec sa lanterne, peut rencontrer successivement des sorcières, des esprits, etc, qui exécuteront des numéros différents. Qui est d'accord ?

Un concert d'approbations s'est élevé.

— Génial ! s'est écriée Jessica. On va faire un ballet de sorcières...

— Et un numéro de voltige avec des diables rouges, pour évoquer l'enfer, a enchaîné Alix.

— Il faudra un carrousel, a ajouté Hélène qui semblait se prendre au jeu. Tout le monde y participera. Les autres numéros peuvent être travaillés en groupes plus réduits... Léa, veux-tu te charger d'un groupe ? Jessica et Alix répéteront avec l'autre. Voyons... Mathilde, Hayat et Mathieu, vous serez dans le groupe de Léa. O.K., Mathieu ? répéta-t-elle en le regardant.

J'étais très fière. J'allais avoir, seule, la responsabilité d'un groupe de cavaliers. Je me suis aussitôt juré que notre numéro serait le plus spectaculaire. J'avais vu des cascadeurs se coucher avec leurs chevaux. Pourquoi ne pas essayer ? J'aurais ainsi l'occasion de mettre Mathieu en valeur. « Il pourrait figurer la Mort avec sa faux, ai-je pensé. Et nous, nous tomberions avec nos poneys sur son passage... À la fin, il ferait coucher son cheval et se tiendrait debout près de lui, le bras tendu, hiératique et terrifiant... »

Je me représentais la scène avec un frisson de plaisir anticipé. Nous allions faire du bon travail !

5

Les répétitions ont commencé le lendemain. J'avais eu, la veille au soir, beaucoup de mal à m'endormir. Les filles étaient déchaînées ! Alix s'était lancée dans une démonstration de rap, sur le thème musical de sa sonate de Mozart. J'avais protesté :

— Arrête de massacrer ce pauvre Wolfgang ! Toi qui te prétends musicienne...

— La musique, ce n'est pas figé, avait répliqué Alix. Il faut que ça vive. Mozart était le premier à bricoler les mélodies qu'il entendait dans la rue... et les gens, dans la rue, sifflaient ses airs d'opéra ! Il serait ravi, au contraire !

Pendant ce temps, Jessica, Margaux et Hayat livraient une bataille d'oreillers en règle. Lola et Mathilde bavardaient et riaient, assises sur l'un des lits. Le nez dans mon bouquin, je me sentais un peu isolée. Comme d'habitude. Pourquoi est-ce que je n'arrivais jamais à me sentir tout à fait à l'aise dans un groupe ? Cette question m'a poursuivie dans mon sommeil. Mais je n'avais, ce matin-là, aucune envie d'y réfléchir. Hélène nous montrait comment faire coucher un poney. Sur ses indications, les stagiaires avaient mené Hué, Dalat, Vinh et Hanoi, en licol, au milieu de la carrière.

— N'oubliez pas, pour ce genre d'exercice, il est indispensable d'avoir des friandises dans sa poche !

Elle s'est approchée du petit Hué, la mascotte du club : une grosse boule pie noire montée sur quatre jambes minuscules. Elle lui a présenté un quignon de pain en passant son bras entre ses deux membres antérieurs et en reculant sa main progressivement. Hué a baissé la tête, suivant le pain, puis a mis le genou gauche à terre.

— Voici la première étape. Attention, il faut toujours récompenser. Hué vous fait une révérence !

Le poney a englouti le morceau de pain dur ; Hélène lui a alors plié l'encolure en tendant la longe et il s'est laissé tomber doucement sur l'épaisse couche de sable.

— Voilà. Imaginez la scène : dans la pénombre, musique angoissante, passage du cavalier noir... Lorsque les projecteurs se rallument, les spectateurs découvrent l'hécatombe : tous les poneys sont effondrés sur le sol. Pour que l'effet soit encore plus impressionnant, vous pourrez en placer un les quatre fers en l'air.

Adroitement, elle a saisi les sabots de Hué et l'a fait basculer sur le dos. Docile, le poney restait immobile, l'encolure renversée. Quel comédien ! Nous avons tous applaudi. Ça n'a absolument pas troublé Hué, qui ne s'est relevé que sur un signe d'Hélène.

Les stagiaires se sont exercés avec Dalat, Vinh et Hanoi, avec plus ou moins de succès. Hanoi, au lieu de se coucher, reculait pour saisir la friandise. Il laissait de longues traînées dans le sable et réussissait à attraper les morceaux de pain sans se fatiguer davantage. J'avais assisté à son apprentissage au printemps dernier et je me souvenais qu'il nous avait donné beaucoup de fil à retordre. Je mourais d'envie de prendre l'initiative, et c'est ce que j'ai fait ! Après deux nouvelles tentatives (j'avais les poches pleines de bonbons à la pomme, des bonbons « spécial chevaux » – il en existe même à la carotte !), le poney s'est exécuté.

— Tu es drôlement forte !

Mathilde et Hayat semblaient sincères et leur admiration évidente m'a fait du bien.

Vers onze heures, j'ai vu la voiture de maman s'arrêter devant le club-house. Elle avait accepté, à la demande d'Hélène, de se charger des costumes et des accessoires. Pour le ballet des sorcières, en particulier, les stagiaires devaient, au pas, au trot ou au galop, se déplacer en cercle en unissant les extrémités de leurs balais, à la manière des « garrochas » de *doma vaquera* (ces longues piques qui servent à trier les taureaux dans les plaines andalouses). Cette figure, que nous avions baptisée « la roue », produisait un effet vraiment spectaculaire, mais les balais devaient être très longs et très maniables. Pas question de les acheter au supermarché !

— Venez m'aider, les filles ! a-t-elle crié.

Du coffre dépassait un très long paquet enveloppé d'une bâche.

— De superbes balais ultralégers, vous m'en direz des nouvelles ! Et j'ai presque fini les chapeaux pointus !

— Maman, tu es géniale ! s'est écriée Jessica. Justement, on n'avait pas de balais pour le ballet, si tu vois ce que je veux dire !

Elle a pouffé, très contente de son jeu de mots. J'ai haussé les épaules.

— Si tu arrêtais de faire le singe, on pourrait peut-être les porter jusqu'à la carrière. Nous sommes en retard sur le programme...

Elle m'a dévisagée :

— Écoute, Léa, ce n'est que le deuxième jour du stage et tout le monde commence déjà à en avoir assez de tes grands airs. On ne fabrique pas la bombe atomique, O.K. ? Alors laisse-nous vivre !

J'allais répliquer, mais maman m'a passé un bras autour des épaules.

— Vous n'allez pas recommencer à vous disputer, toutes les deux[1] ! Jessica, tu sais très bien que ta sœur ne cherche qu'à rendre service... et toi, Léa...

Elle m'a embrassée, légèrement, sur la joue.

— Détends-toi. Tu es aussi là pour t'amuser !

Après la répétition, pendant que nous prenions soin des chevaux, Alix et Jessica se sont occupées du repas : œufs durs en entrée puis steaks hachés, petits pois en conserve, yaourts et fruits. Rien d'insurmontable, même pour des filles de onze ans !

Les œufs durs étaient... durs. Les yaourts aromatisés ont connu un franc succès : il faut dire que les devinettes imprimées sur les pots y étaient pour quelque chose. Les pommes étaient délicieuses, mais le plat principal immangeable. Les deux « marmitonnes » avaient abandonné viande et légumes sur la gazinière, le temps de disputer

1. Voir *En Selle !* t. II, *Rivales*.

une partie de surf des neiges sur l'ordinateur du club-house !

Les stagiaires ont tenté poliment de consommer les steaks calcinés et les petits pois en purée mais leurs grimaces en disaient long sur leur bonne volonté ! Hélène a versé le tout dans la gamelle d'Along, la chienne du club, qui s'en est régalée. Heureusement, il restait du jambon dans le réfrigérateur, car le grand air nous avait donné faim...

— Est-ce que tu me comprends si je parle comme cela ?

Jessica s'adressait à Mathieu, son vis-à-vis, en articulant de façon exagérée.

Pas de problème !

Il avait sorti son petit carnet et écrivait les réponses.

— Qu'est-ce qu'il t'a dit ?

Alix avait horreur des messes basses.

— Mathieu, est-ce que je peux lire tes réponses à voix haute ?

Il a hoché la tête.

— Est-ce que tu étais sourd à la naissance ?

Non, mes parents m'ont dit que j'avais eu des complications à quinze mois, à la suite d'un vaccin que l'on m'a fait alors que je souffrais déjà d'une infection aux oreilles. Personne ne s'en était aperçu.

— Tu n'entends rien du tout ?

Si, quand mon appareil auditif est branché, j'entends des sons. Brouillés.

— Et tu vas à l'école ?

— Jess, il en a peut-être assez de ton interrogatoire !

Je commençais à être gênée pour lui.

— Tu en as marre que je te pose des questions ? a demandé Jessica en souriant.

Pas du tout. Je préfère qu'on me pose des questions simplement au lieu de me regarder comme une bête curieuse ! Je suis comme tout le monde... ou presque, même si certains ne s'en rendent pas compte et me traitent comme un débile, ou un bébé.

Pendant que Jessica lisait sa réponse, Mathieu a tourné la tête et m'a regardée bien droit dans les yeux. Dans les siens, j'ai lu une telle hostilité que j'ai laissé tomber mon yaourt par terre. Le liquide blanc s'est répandu sur le carrelage. Bredouillant une excuse, je me suis levée pour aller chercher une éponge dans la cuisine. Mon cœur battait à grands coups. Mathieu ne m'aimait pas. Pire même, il me détestait, j'en étais sûre. Alors que je ne cherchais qu'à l'aider ! Décidément, personne ne me comprenait !

6

— C'est donc Mathieu qui va jouer le rôle du « cavalier d'Halloween », celui qui sème la mort sur son passage...

Hélène me tendait une feuille sur laquelle était noté un ensemble de figures que Mathieu devait mémoriser.

— Léa, pourrais-tu le faire répéter sur Haiphong pendant que les autres stagiaires s'exerceront avec moi à coucher leurs poneys ?

— Prends bien soin de lui, Mathieu ! a crié Jessica en caressant la crinière brune ébouriffée du poney. C'est mon préféré !

Je n'osais pas regarder Mathieu. Docilement, il a pris l'immense faux en plastique que maman avait réussi à dénicher dans le bric-à-brac de son atelier et nous nous sommes un peu éloignés des autres : la carrière avait été divisée en deux par une corde, pour permettre à deux groupes de répéter simultanément.

Je lui ai d'abord fait étudier le tracé sur le papier : mon doigt tremblait un peu, mais j'avais décidé de ne pas tenir compte de ce qui s'était passé la veille, pendant le déjeuner. Tant pis si Mathieu ne se rendait pas compte que j'étais son amie ; j'allais le lui prouver. Ensemble, nous allions mettre au point un numéro équestre parfait. C'était mon but : l'aider à réussir quelque chose. Alors, il me remercierait. Réconfortée par cette perspective, je l'ai regardé enfourcher Haiphong. J'ai respiré un bon coup et j'ai dit, de ma voix la plus « grande personne » :

— Surtout, ne me quitte pas des yeux, Mathieu ! Après ce coin, tu feras une diagonale au trot.

Mathieu faisait tournoyer sa faux au-dessus de sa tête. Le poney, surpris, a fait un écart, déséquilibrant son cavalier, qui a dû se rattraper à l'encolure pour ne pas vider les étriers. Aussitôt, il m'a tendu la faux, en me signifiant qu'il n'en voulait plus.

— Mais si, garde-la, ai-je articulé en m'efforçant de rester patiente, il va s'habituer. Fais des gestes discrets au début. Allez, essaye !

Mon « élève » obéissait visiblement de mauvaise grâce. Il a quand même effectué un tour au pas en suivant mes conseils.

— Caresse-le !

Haiphong semblait rassuré et Mathieu a réussi à trotter en décrivant des moulinets avec sa faux.

— Tu feras une volte autour de chaque poney, avec des gestes menaçants. Tu te souviens ?

J'avais matérialisé les emplacements par des cônes orange. Mathieu a tracé une figure bizarre ; il ne me regardait plus. En revanche, il paraissait très intéressé par les acrobaties de ses camarades, de l'autre côté de la corde. Alix venait de sauter souplement sur Dalat, en croupe derrière Margaux qui se cramponnait à la crinière en riant. Elle essayait de se mettre debout sur le dos du poney. J'ai appelé Mathieu trois fois en haussant la voix avant de me rendre compte que c'était parfaitement inutile. Je me suis alors plantée devant lui, au milieu de la piste, et j'ai enfin capté son attention.

— Tu devais faire quatre voltes !

Mon visage devait trahir mon exaspération. Mathieu a secoué la tête avec une moue ennuyée. Comme je traçais des cercles avec mon doigt, il a écarté les bras en me montrant ses paumes, pour me signifier son incompréhension.

Décidée à ne rien négliger pour obtenir sa collaboration, j'ai alors effectué une volte à pied, en trottinant autour du cône le plus proche. Mathieu a suivi ma trace puis enchaîné autour des autres plots. Ouf ! Il avait compris ! Mais, aussitôt après, il a lâché ses rênes, et Haiphong, comme il fallait s'y attendre, est venu s'arrêter devant la corde qui séparait la carrière en deux. Lui aussi aurait bien voulu aller rejoindre ses compagnons.

Je me suis mise à crier :

— Mathieu, fais un effort ! À ce rythme-là, nous n'y arriverons jamais ! C'est important ! Il faut que tu sois le meilleur !

Mathieu a fouillé ses poches. Il a sorti le petit carnet que je commençais à bien connaître et a griffonné quelques mots sur une des feuilles. Puis il l'a arrachée et me l'a tendue. J'ai lu :

C'est important pour qui ? Pour moi... ou pour TOI *? Ne me raconte pas d'histoires !*

Il a rassemblé ses rênes. Je me sentais de plus en plus désorientée. Que voulait-il dire ? Sans répondre, j'ai repris la liste des figures :

— Après, les poneys se regrouperont sur un cercle au trot à main gauche ; toi, tu galoperas autour d'eux, mais en sens inverse, à main droite. Allez, recommence au début !

Avec un regard ironique, Mathieu s'est éloigné. Il a exécuté la diagonale, les quatre voltes au trot, puis a pris le galop... à gauche. Je lui ai fait de grands signes pour qu'il s'arrête. C'en était trop ! Il faisait tout pour me mettre les nerfs à vif.

— Tu devais galoper dans l'autre sens ! Je te l'ai expliqué il n'y a pas une minute ! Tu es vraiment un incapable !

Cette fois, Mathieu a parfaitement lu sur

mes lèvres. Son visage s'est fermé. Il a serré les poings, a mis pied à terre et s'est éloigné en direction des écuries.

Lorsqu'il est passé à côté de l'autre groupe, Luc a agité ses doigts près de sa tête, m'a montrée, a dessiné une sorte de cercle, ou de rectangle, avec ses deux mains jointes puis, de l'index, a fait un signe négatif. Mathieu a aussitôt retrouvé le sourire et ils ont communiqué quelques instants de cette façon.

Je ne savais pas que Luc connaissait le langage des signes...

7

Le mercredi soir, nous avions prévu un dîner « spécial Halloween ». C'était mon tour de préparer le repas, et je n'en étais pas fâchée : j'allais pouvoir me réfugier dans la cuisine et éviter ainsi de me trouver en présence de Mathieu. Aussi, dès notre retour au club-house, à la nuit tombée – Hélène s'occupait du dîner des chevaux : foin, aliment complet à base de céréales et eau fraîche –, j'ai ôté mon blouson et j'ai commencé à inspecter le contenu des placards.

— Tu veux que je t'aide, Léa ? a proposé Chloé.

— Non, merci, ça ira très bien, ai-je répondu un peu trop vite.

Jessica était assise sur le canapé avec Mathieu et Luc, en train de disputer avec eux une partie de petits chevaux (décidément, ils semblaient s'entendre à merveille, ces trois-là). Elle a lancé :

— Si tu connaissais mieux Léa, Chloé, tu ne poserais même pas la question ! Ma sœur a horreur qu'on l'aide. Elle dit toujours que ça ne sert à rien, parce qu'elle est obligée de tout refaire derrière. Viens plutôt jouer avec nous !

Je leur ai tourné le dos en affectant de rire. Bien sûr, Jessica plaisantait... Ce n'était tout de même pas ma faute si j'avais le sens de l'organisation ! À deux dans une cuisine, on se gêne, on met du désordre... Malgré tout, j'aimais bien, le dimanche matin, confectionner avec ma sœur des macarons pour le dessert, même si j'étais souvent obligée de la gronder parce qu'elle ne remplissait pas le lave-vaisselle de manière fonctionnelle ou parce qu'elle laissait des traces de farine sur le plan de travail. Cela devait bien faire deux mois, d'ailleurs, que nous n'avions pas fait de pâtisserie ensemble. Jess avait beaucoup plus de devoirs, cette année... et elle n'était plus jamais disponible. Dommage.

J'avais déjà décidé de mon menu : pizza décorée de superbes toiles d'araignées dessinées à la pâte d'anchois, carottes râpées, et, pour le dessert, fantômes en pâte d'amandes. Je les ai modelés un par un, en utilisant des raisins secs pour figurer les yeux ; pour la bouche, un trait de chocolat liquide a suffi. Sans me vanter, c'était superbe ! J'attendais quand même quelques compliments. Mais dans le brouhaha de la conversation, mon dessert a été englouti sans le moindre commentaire. Je m'étais donné du mal pour rien, encore une fois ! Déçue et blessée, je me suis levée dès la dernière bouchée avalée et j'ai commencé à rassembler les plats et les assiettes dans un grand fracas de vaisselle.

— Laisse ça, Léa, a protesté mollement Alix. C'est mon tour de vaisselle, avec Thomas. Rien ne presse !

— Oh, bien sûr, j'oubliais, ai-je répliqué d'un ton plus sec que je ne l'aurais voulu. Rien ne presse. Et comme hier, vous commencerez la vaisselle à minuit, et on se couchera à deux heures du matin, ce qui est la meilleure chose pour être en forme demain, c'est connu ! Mais je suis la plus âgée ici, alors...

Je n'ai pas eu le temps de finir ma phrase. Alix s'était levée et m'avait ôté des mains la pile d'assiettes que je tenais.

— J'y vais, puisque tu le prends si mal. Mais attention, Léa : tu n'es pas ma mère. Je ne suis pas obligée de t'obéir. Et j'espère que tu comprends ça, parce que je ne te le dirai pas deux fois aussi calmement. Alors tu arrêtes de jouer les petits chefs, O.K. ?

Derrière Alix, Mathieu a échangé un sourire complice avec Luc. J'ai vu ses lèvres bouger. Silencieusement, il a articulé :

— Elle essaie toujours de se faire remarquer, celle-là.

J'ai tourné les talons et j'ai monté lentement l'escalier. Je me suis déshabillée, j'ai plié mes vêtements sur une chaise, je me suis brossé les dents ; quand les autres sont entrées dans le dortoir, en bavardant comme si elles avaient tout oublié de l'incident, j'étais sous la couette, plongée dans mon livre. Mais les phrases dansaient devant mes yeux ; et au bout de deux ou trois pages, j'ai dû revenir en arrière car l'intrigue m'échappait. Lentement, la colère m'envahissait. C'était surtout à Mathieu que j'en voulais. Je revoyais son air triomphant, son sourire moqueur. Le même sourire que Ludovic, mon adversaire aux échecs. Le même sourire que les filles de ma classe. J'en avais assez.

« Attends un peu, toi, ai-je pensé. Tu vas payer pour les autres. »

La représentation devait avoir lieu le samedi soir, en présence de certains parents, des cavaliers du club et de quelques voisins qui n'auraient manqué nos spectacles pour rien au monde, comme la boulangère de Puymarin et son mari, un géant aux cheveux si blancs qu'Alix jurait qu'il les saupoudrait de farine tous les matins. Il y aurait aussi des élèves du collège, deux ou trois professeurs... En tout, une bonne soixantaine de personnes. C'était suffisant pour avoir le trac !

Toute la journée du jeudi, nous avons enchaîné les numéros. Luc, en Jack-O'Lantern, révélait des talents de comique inattendus. Il faisait même tellement le clown qu'Hélène a dû le rappeler à l'ordre.

— Luc, le personnage de Jack doit inspirer la pitié ! Il est chassé de partout, effrayé, gelé jusqu'à la moelle des os... Si tous les spectateurs hurlent de rire dès le début, ça n'ira pas du tout !

Le ballet des sorcières, auquel nous participions tous, ne se présentait pas trop mal ; nous avions fini par réussir « la roue » au trot, et les autres figures de carrousel, plus faciles, faisaient malgré tout de l'effet grâce aux balais, que nous brandissions avec un bel ensemble.

Le numéro le plus spectaculaire, et donc le plus difficile à réaliser, restait celui du « cavalier d'Halloween ».

En fin d'après-midi, j'ai donc réuni mon groupe pour une répétition d'ensemble. Mathieu, monté sur Haiphong, se tenait un peu à l'écart et affectait de ne jamais me regarder. Je l'ai laissé faire. Tant pis pour lui, après tout. Je lui avais donné sa chance.

Sur Saigon, j'ai pris la tête de la petite troupe et nous avons commencé à répéter.

Hayat et Mathilde connaissaient leur rôle sur le bout des doigts et ne rencontraient presque plus de difficultés pour coucher leur poney.

— J'ai une idée, Léa ! s'est écriée Hayat. Quand Hué sera par terre, je me coucherai sur lui, sur le dos, comme ça, les bras tendus. Tu crois qu'il restera tranquille ?

— Oui, si tu ne lui tombes pas dessus d'un seul coup... On va essayer.

Tout en parlant, j'observais Mathieu à la dérobée. Il nous avait suivies de loin, imitant vaguement nos mouvements. La faux gisait, abandonnée, au pied d'un chêne vert. Tout à coup, j'ai senti que je ne pouvais pas en supporter davantage. Sautant à terre, j'ai abandonné les rênes de Saigon à Mathilde stupéfaite et je me suis dirigée vers Mathieu à grandes enjambées. Il n'a pas eu le temps de se dérober. J'avais saisi le montant du filet d'Haiphong ; il pouvait donc facilement lire sur mes lèvres.

— Mathieu, puisque tu as décidé de ne rien faire, tu ne participeras pas à ce numéro. C'est Mathilde qui va reprendre ton rôle. Va-t'en. Je ne veux plus te voir.

Sans attendre sa réaction, je lui ai tourné le dos. J'ai entendu le bruit des sabots qui s'éloignait.

Je ne me suis pas retournée.

8

— Léa, tu sais depuis combien de temps tu regardes le plafond ? Six minutes exactement ! Je t'ai chronométrée !

Tout en continuant à évider sa citrouille, Jessica faisait mine, ostensiblement, de consulter sa montre.

— Ça ne te ressemble pourtant pas, de rêver !

Autour de moi régnait une activité de ruche. Des mètres de tissus rouge, orange et noir couvraient les tables ; Thomas et Alix étaient très occupés à recouvrir de peinture dorée des cornes de diable en carton ; Hayat taillait une longue robe de sorcière ; Margaux et sa sœur se déguisaient mutuellement en fantômes pour vérifier si les trous prévus dans les suaires étaient bien à la hauteur de leurs yeux ; et Jessica, Mathilde et Chloé fabriquaient des lanternes.

— Où sont Luc et Mathieu ?

La question m'avait échappé. Alix et Jessica ont échangé un coup d'œil perplexe.

— Ils s'occupent de Danang, il me semble, a répondu Jessica. Il boitait un peu, ce matin.

— Et maman est débordée, a renchéri Alix. Elle doit faire sa comptabilité. Je crois qu'elle leur a demandé de lui poser des compresses d'eau blanche. C'est ce qu'il y a de mieux pour les tendons échauffés...

Je me suis levée, repoussant la cape orange à laquelle j'avais commencé à coudre un haut col argenté.

— Je finirai ça tout à l'heure. J'ai besoin de prendre l'air. On étouffe, ici.

Une expression inquiète est passée sur le visage d'Alix :

— Tu sais... ils se débrouillent très bien. Ils n'ont pas besoin de toi.

— Je m'en doute !

— Je voulais seulement dire que...

— Ne t'en fais pas, Alix. C'était très clair.

La porte du club-house a claqué derrière moi. Oh oui, c'était clair ! Tout le monde se passait très bien de moi. Mathieu, d'abord. Et Alix, ma meilleure amie. Et même ma sœur.

Il faisait froid, et la nuit commençait à tomber. J'ai remonté la fermeture de mon blouson en frissonnant. Où aller ? J'avais envie, soudain, de rentrer à la maison, de retrouver ma chambre, mes livres, de me blottir sous mon édredon avec Chatouille, la chatte tigrée, et de rester là jusqu'à ce que le monde change. Ou moi.

— C'est toi, Léa ?

Hélène refermait la porte de sa maison. Elle était en tenue de ville et portait sous le bras un énorme dossier.

— Il faut que je fasse un saut chez mon expert-comptable pour lui donner ça... Quelle galère, tous ces chiffres ! Juliette vient d'arriver, c'est elle qui se charge du dîner ce soir. Est-ce que tu veux bien lui donner un coup de main ? Elle ne le dira jamais, mais elle souffre quand elle reste trop longtemps debout.

— Oui, bien sûr, me suis-je hâtée de répondre.

Hélène est montée dans sa voiture et a mis le contact.

— Merci, Léa ! C'est sympa. Je reviens dans une heure à peu près. Soyez sages, tous !

La cuisine était chaude et bien éclairée. Le feu brûlait gaiement dans le poêle, et Juliette, les bras écartés, contemplait d'un air effaré six saladiers pleins de cubes orange.

— Tous ces potirons, a-t-elle gémi au moment où je poussais la porte. Qu'est-ce que je vais pouvoir en faire ?

— Des tartes ? ai-je suggéré.

— Vous aurez une indigestion avant de les avoir toutes mangées. Non, je sais ! Du potage ! Au moins, on pourra en congeler une partie. Tu m'aides ? Je pensais qu'ensuite, des spaghettis...

— Euh... Alix nous a fait trois fois des spaghettis depuis le début de la semaine...

Juliette a éclaté de rire. Sa bonne humeur était communicative.

— J'oubliais... Alors, un poulet rôti. Ça te dit ? On va le mettre dans le four, il cuira tout seul, et pendant ce temps-là on pourra s'occuper du stock de citrouilles ! D'accord ?

— D'accord !

Juliette a déposé le poulet dans un plat et l'a arrosé d'un mince filet d'huile d'olive.

— Tiens, Léa, remplis cette grosse marmite, là, avec les cubes de citrouille. Le problème, c'est que je ne me souviens plus très bien de la recette...

— Je peux appeler ma mère, ai-je proposé. La soupe à la citrouille, c'est une de ses spécialités. Elle est irlandaise, tu sais...

— Très bonne idée !

Le téléphone a sonné plusieurs fois avant que maman décroche.

— Maman ?

— Ah, Léa, c'est toi ? Je m'étais enfermée dans mon atelier, je n'ai pas vu le temps passer. Qu'est-ce que tu veux ?

— Tu as fini les chapeaux de sorcières ?

— Presque. Je travaillais sur autre chose, aujourd'hui.

— Mais quoi ? Tous les autres costumes sont faits ici !

Maman a ri doucement.

— Ma chérie, je ne m'occupe pas que de votre spectacle, même s'il compte beaucoup à mes yeux. On m'a commandé des décors pour une pièce ; c'est un petit théâtre, mais il est assez connu, et ce travail est important pour moi.

— Oh... mais je croyais que tu ne travaillais plus ?

J'ai compris aussitôt que j'avais été maladroite. Mais il était trop tard : maman avait pris sa « voix patiente », une voix que nous avons appris à redouter, car elle annonce généralement ce que papa appelle la « dernière explication avant largage des bombes ».

— C'est vrai, j'ai cessé de travailler pendant quelques années. Mais vous êtes grandes, maintenant, toutes les deux. Vous n'avez plus autant besoin de moi. J'ai donc décidé de faire ce que j'avais toujours eu envie de faire. Il est grand temps. Je ne vais pas toute ma vie me satisfaire de fabriquer des chapeaux de sorcières, même si cela me fait toujours plaisir de participer à vos activités : j'ai besoin de plus, et j'ai besoin de quelque chose qui ne soit qu'à moi. Tu comprends ?

J'ai bredouillé :

— Euh, oui... Bien sûr... En fait, je t'appelais pour te demander ta recette de soupe à la citrouille. On en a des tonnes...

Maman a ri de nouveau, avec un peu de tristesse :

— Tu vois ? On ne m'appelle que pour me demander ce genre de chose ! Ne bouge pas, je vais chercher mon cahier.

Après avoir raccroché, je suis restée quelques instants immobile, perdue dans mes pensées.

— Il n'y a rien de grave, Léa ? a demandé Juliette. Tu as l'air effondrée.

J'ai secoué la tête :

— Nnnon. Tout va bien. Enfin, presque. J'ai l'impression que je prends toujours les gens à rebrousse-poil.

— Que veux-tu dire ?

Tout en parlant, elle m'a retiré des mains la page de cahier sur laquelle j'avais noté la recette et l'a fixée à l'aide d'un aimant sur la porte d'un des placards métalliques. Je me suis laissée tomber sur une chaise et j'ai appliqué mes deux mains sur mes joues. Elles étaient brûlantes.

Juliette a jeté deux verres d'eau dans la marmite, puis elle a réglé la flamme du gaz. Elle me tournait le dos. Rien dans son attitude n'indiquait qu'elle attendait des confidences, mais elle n'était pas indifférente non plus : elle me laissait libre.

Alors je lui ai tout raconté. Pêle-mêle : le tournoi d'échecs et l'attitude méprisante de Ludovic ; les filles de ma classe qui me laissaient à l'écart ; maman qui revendiquait maintenant le droit d'avoir sa vie à elle, de ne pas toujours s'occuper de nous ; et surtout ma défaite la plus cuisante : Mathieu. Mathieu pour qui j'avais ressenti une sympathie spontanée, que j'avais eu tellement envie d'aider, et qui m'avait rejetée violemment. Au fond, j'avais l'impression que tout le monde me rejetait et que je n'étais à ma place nulle part. À ce moment de mon récit, je me suis aperçue que mes joues étaient mouillées.

Je m'attendais un peu à ce que la calme et compréhensive Juliette sèche mes larmes avec son mouchoir et me dise quelque chose de réconfortant, du genre : « Tu es la meilleure, tout va s'arranger. »

Eh bien, pas du tout. Elle m'a effectivement tendu un carré de Sopalin, mais ce qu'elle m'a dit était tout sauf réconfortant :

— J'ai l'impression que tu t'apitoies sur toi-même, Léa. Il n'est jamais facile d'être la plus jeune de sa classe, mais est-ce que tu ne rends pas les choses encore plus difficiles ? Es-tu sûre de ne jamais traiter de haut les élèves moins brillants que toi ? De ne pas être un tout petit peu trop fière d'avoir les meilleures notes ? Ne me dis pas que tu n'as pas pris plaisir à battre ce garçon, aux échecs. Je ne veux pas excuser son attitude, mais comment aurais-tu réagi si un élève de sixième t'avait battue, toi ? Pose-toi la question. Quant à Mathieu, il avait parfaitement raison quand il te demandait pour qui le fait qu'il réussisse était important. C'est toi qui ne supportes pas de rater quelque chose, parce que tu as toujours tout réussi. Tu n'as tenu aucun compte de ses désirs à lui. Tu voulais être encouragée et félicitée pour l'aide que tu lui avais apportée. Je me trompe ?

J'ai rougi, touchée au vif. C'était vrai. Tout en remuant le contenu de la marmite qui laissait s'échapper des nuages de vapeur, Juliette continuait, impitoyable :

— Quant à ta mère, je vais peut-être te surprendre : je suis ravie qu'elle ait pris cette décision. Elle est vraiment très douée, beaucoup plus que tu ne l'imagines. Elle a énormément de talent. Toi, je ne sais pas si tu en as. Des dons, oui. Mais le talent, c'est autre chose. Il faut beaucoup de travail, et une maturité que tu mettras des années à acquérir. Bref, s'il y a un génie actuellement dans votre famille, c'est sans doute elle...

Elle s'est tournée vers moi :

— Pendant des années, elle t'a aidée à épanouir tes dons. Et elle va continuer. Alors, toi aussi, tu pourrais l'aider.

Comme dit Jessica, j'en prenais plein la

tête. Le souffle coupé, j'ai quand même réussi à bredouiller :

— Et... et pour Mathieu ? Qu'est-ce que je dois faire ? J'ai été odieuse avec lui, je m'en rends compte...

— Va lui parler. Mets ta fierté dans ta poche, pour une fois.

Le cœur gros, j'ai acquiescé en silence. Je n'avais plus qu'une envie : sortir de la pièce, trouver un coin bien sombre et essayer de digérer tout ça.

J'étais sur le point de tirer la porte sur moi quand Juliette m'a rappelée :

— Léa ?

— Mmm ?

— J'oubliais quelque chose que tu dois sûrement savoir : ta mère t'aime très profondément. Ta sœur aussi, même si vous êtes sans arrêt comme chien et chat. Et tes amis, aussi. Parce que tu as de très grandes qualités, une personnalité attachante et que tu es honnête. O.K. ?

J'ai répondu, la gorge serrée :

— O.K. Merci, Juliette.

Dehors, la nuit était sans étoiles. De lourds nuages filaient au ras des arbres, poussés par le vent d'est. J'ai fait quelques pas en frissonnant.

J'avais l'impression d'être passée sous un rouleau compresseur. Pourtant, la situation ne me paraissait plus aussi inextricable. Juliette m'avait secouée, sortie de moi-même. J'allais parler à Mathieu. Tout pouvait encore s'arranger.

9

Toute la journée du vendredi, j'ai essayé de parler à Mathieu, mais, chaque fois, il se dérobait. Lorsque je m'approchais de lui, il se détournait ou faisait même ostensiblement le geste de débrancher son appareil auditif. J'en venais à penser qu'il avait appris à tirer parti de son handicap. Il pouvait à tout moment s'isoler du monde extérieur, et échappait à certaines tâches en feignant de ne pas comprendre ce que l'on attendait de lui.

Après une dizaine de tentatives, j'ai fini par renoncer. J'avais beau être pleine de bonne volonté, je ne pouvais pas l'obliger à m'écouter.

L'après-midi, nous avons fait une partie

de horse-ball, un jeu de ballon à cheval qui oppose deux équipes de quatre cavaliers. Les concurrents s'affrontent sur une grande carrière, aux extrémités de laquelle se trouvent des buts ressemblant à des paniers de basket géants posés verticalement. En général, ce jeu connaît un grand succès, car il apporte à tous les cavaliers, débutants ou confirmés, une grande décontraction. Il permet aussi de dépenser librement l'énergie trop souvent canalisée dans le travail en carrière ou sur les obstacles, qui exige beaucoup de maîtrise et de rigueur. J'adore jouer au horse-ball, mais Mathieu, encore une fois, a réussi à me gâcher mon plaisir !

Hélène avait remplacé le traditionnel ballon de foot muni de six anses en cuir par une sorte de citrouille molle en tissu-éponge, remplie de paille, que nous nous lancions en poussant des cris de dégoût simulé. Nous nous sommes échauffés en faisant des passes, à deux mains, et aux trois allures.

— Vous allez maintenant apprendre à ramasser la citrouille tombée à terre sans descendre de cheval, a dit Hélène au bout d'un moment. Alix, peux-tu nous faire une démonstration ?

Alix montait Danang ; elle s'est jetée vers le sol, la tête en bas, et, tendant le bras, elle a saisi la citrouille puis s'est remise en selle d'un coup de reins. Les autres en sont restés bouche bée.

— Mais comment a-t-elle fait pour ne pas tomber ? a demandé Margaux.

— C'est très simple, a répondu la monitrice. Avant la séance je vous ai demandé de relier vos étriers sous la sangle par une longe. C'est votre moyen de tenue. Alix va maintenant refaire une démonstration très lentement, en décomposant le mouvement, et ensuite vous pourrez essayer.

Luc, Mathieu et Hayat ont réussi au premier essai. Lola n'a pas osé se lancer, les autres n'arrivaient pas à descendre assez bas.

— Le ramassage n'est pas essentiel, vous y arriverez mieux la prochaine fois ! a assuré Hélène pour réconforter Thomas et Margaux qui semblaient dépités. Il nous reste une demi-heure, commençons une partie.

Elle a sifflé le coup d'envoi. Mathieu faisait partie de mon équipe, ainsi que Lola et Mathilde. Nous avons plusieurs fois manqué de belles occasions de marquer des buts : Mathieu, qui était très attentif à ses deux autres coéquipières, ne me regardait jamais.

Je n'ai pas pu lui faire une seule passe, et il ne m'en a pas fait une seule. La partie était donc plutôt déséquilibrée. Alix, Margaux, Luc et Hayat nous ont battus cinq à zéro. C'était trop fort ! D'accord, j'avais exagéré, la veille, en l'expulsant du groupe. Mais je trouvais mesquine sa manière de se venger. En le regardant échanger avec Luc quelques-uns de ces mystérieux signes dont j'aurais donné cher pour connaître la signification, je sentais renaître ma mauvaise humeur.

Le samedi matin, les dernières répétitions se sont déroulées sans incident. Hélène a paru surprise en voyant Mathilde remplacer Mathieu dans le rôle du « cavalier d'Halloween ». Mais celui-ci lui a fait comprendre, par l'intermédiaire de Luc, qu'il n'avait pas envie de participer à ce numéro, et elle n'a pas insisté. J'ai eu malgré tout l'impression qu'elle n'était pas dupe.

Vers seize heures, nous avons essayé nos costumes. Il était difficile de circuler dans le club-house où vêtements, accessoires en tout genre, trousses de maquillage recouvraient meubles et sol. Les costumes de Mathieu pendaient sur un cintre, à côté de la fenêtre. J'ai balayé la pièce du regard, mais il n'était pas là. Encore !

— Est-ce que quelqu'un sait où se trouve Mathieu ?

— Il était avec nous tout à l'heure, aux écuries, a dit Lola. Je pensais qu'il nous avait suivis.

— Je vais le chercher ! a proposé Thomas.

Il est revenu quelques minutes plus tard, essoufflé.

— Je ne l'ai pas trouvé ! J'ai pourtant fait le tour du club. Et j'ai l'impression que Haiphong s'est échappé ; sa porte était ouverte. Venez m'aider !

Le box était vide. Tout paraissait calme.

Pas de bruits de sabots sur le gravier... J'ai inspecté la graineterie, puis jeté un œil dans la sellerie ; le harnachement d'Haiphong avait, lui aussi, disparu.

Dix minutes plus tard – j'aurais juré qu'il s'était écoulé au moins deux heures – Thomas, qui était parti explorer les abords de la carrière, est revenu. Bredouille. Mathieu était introuvable. Son poney aussi.

Je me suis appuyée à la cloison de planches, entre les selles et les filets bien graissés.

— J'espère que c'est juste une blague, a dit Thomas, qui me regardait avec inquiétude.

J'ai avalé ma salive avec difficulté.

— Moi aussi, je l'espère. Moi aussi.

Hélène a aussitôt appelé les parents du jeune garçon. En raccrochant, elle semblait préoccupée.

— Apparemment, c'est la première fois qu'il disparaît ainsi. Ils sont très inquiets, mais ils préfèrent que je ne prévienne pas les gendarmes tout de suite. Ils n'aimeraient pas le voir rentrer au club dans la fourgonnette bleue. Ne dis rien aux autres, Léa, et demande à Thomas de rester discret ; je ne veux pas d'affolement. Nous allons seller deux chevaux et explorer les environs. Les parents de Mathieu nous rejoindront en voiture d'ici vingt minutes à peu près.

— Je vous accompagne, a dit Juliette.

— Non, il faut qu'un adulte reste au club. Je te confie les enfants. Nous serons très vite de retour, il ne peut pas être bien loin !

Mais j'ai eu l'impression qu'elle se forçait un peu pour paraître optimiste.

10

— Mathieu !

Je savais que l'appeler ne servirait à rien, mais je ne pouvais pas m'empêcher, tous les deux ou trois pas, de crier son nom. Le faisceau de ma lampe torche balayait les taillis. De temps en temps, Saigon marchait sur une branche sèche qui se brisait avec une petite détonation et je sursautais. Les rênes dans une main, j'avançais le plus lentement possible. À quelques mètres de moi, Hélène, montée sur Annam, sa jument, fouillait le sous-bois à l'aide d'une puissante lampe électrique qu'elle tenait à bout de bras.

— Mathieu ?

Quelque part sur notre droite, j'ai entendu

le bruit d'un moteur. Les parents de Mathieu. Dans leur 4×4, ils sillonnaient les chemins, en première, tous phares allumés. Nous gravissions la colline en longeant les rangées de pins.

— Mathieu !

Ma voix s'enrouait. Je me suis tue. J'étais accablée par le sentiment de ma culpabilité. Parce que j'avais voulu faire les choses à ma manière, comme d'habitude, sans écouter personne, j'avais sans doute profondément blessé quelqu'un qui devait affronter chaque jour des problèmes dont je n'avais aucune idée. Je me serais donné des claques, si j'avais eu une main libre.

Le grondement du moteur se rapprochait. À la croisée du chemin et de la petite départementale qui mène à Puymarin, les deux yeux jaunes du 4×4 sont apparus, illuminant l'herbe rase du talus. Hélène a retenu Annam et s'est arrêtée à la hauteur de la portière du conducteur.

— Toujours rien ?

— Rien. Continuez en direction de l'ancienne mine ; j'espère qu'il n'est pas allé par là, il y a des risques d'éboulement. Léa et moi, nous allons nous arrêter au passage chez les grands-parents de Luc. M. Marchal l'a peut-être aperçu. Si d'ici une demi-heure...

La voix d'Hélène était tendue.

— Si nous n'avons rien trouvé, il sera plus sage de téléphoner aux gendarmes.

— Pourvu que...

La mère de Mathieu n'a pas achevé sa phrase. Elle a démarré en douceur pour ne pas effrayer les chevaux. Saigon, que l'obscurité rendait nerveux, a quand même fait un écart. Je l'ai maîtrisé de mon mieux. En le caressant pour le rassurer, je pensais : « Pourvu que... On dirait un horrible questionnaire à choix multiples : pourvu que... 1) il ne soit pas tombé dans un puits de mine ; 2) il ne se soit pas perdu ; 3) il n'ait pas été fauché par un camion ; 4) il n'ait pas rencontré un tueur en série... » J'ai fermé les yeux. C'était un cauchemar. J'allais me réveiller. Quand je pensais que tout était ma faute !

— Léa ? Ça va ?

Hélène avait saisi les rênes de mon cheval.

— Oui. Enfin non. Qu'est-ce qu'on fait ?

— Je viens de le dire : on va demander au grand-père de Luc de nous aider. Si tu ne te sens pas capable de tenir le coup, je préfère que tu rentres au club ; on a assez de problèmes comme ça.

— C'est que... j'ai peur pour Mathieu.

— Moi aussi, Léa, j'ai peur. Mais ça ne l'aidera pas. Alors on y va.

Nous avons longé la route sur environ cinq cents mètres. La nuit était tout à fait tombée et je distinguais à peine, devant moi, la silhouette d'Annam ; j'entendais seulement le bruit de ses pas sur la route, un son gai et familier qui évoquait les retours de promenades à la fin des brefs après-midi d'hiver, les goûters au club-house, le feu qui dansait dans la grande cheminée. Mathieu, lui, était seul. Il devait avoir froid et être effrayé...

Nous approchions de la maison des Marchal quand j'ai soudain perçu quelque chose de bizarre : le bruit des sabots d'Annam semblait s'être dédoublé. La route, à cet endroit, faisait un coude et j'aurais juré que cet écho résonnait de l'autre côté du virage.

Hélène s'est retournée :

— Tu entends ? Il y a un autre cheval sur la route, un peu plus loin.

— C'est lui !

Hélène a serré les jambes, Annam est partie au trot. Je l'ai suivie. J'arrivais à sa hauteur quand elle m'a rabrouée :

— Doucement, Léa. Fais attention aux voitures. Inutile de provoquer un accident !

Je me suis replacée derrière elle en maugréant. Dans la lumière de ma torche, les arbres semblaient danser. Le cône lumineux est passé sur un lapin qui détalait, a sautillé sur une barrière de bois grande ouverte, puis s'est posé sur deux cavaliers qui s'abritaient le visage de la main, éblouis. J'ai poussé un soupir. Ce n'était pas notre fugitif, mais un couple de voisins et amis d'Hélène, France et Jo. Ils faisaient souvent de longues randonnées et avaient dû s'attarder en route ce soir-là.

Hélène a éteint sa torche.

— Vous n'avez pas rencontré un jeune

garçon sur un poney bai brun ? a-t-elle demandé.

— Je croyais que nous étions les seuls assez fous pour être encore dehors à cheval à cette heure et par ce froid ! a répondu Jo en riant. Vous les semez en route, maintenant ?

Mais Hélène n'était pas d'humeur à plaisanter.

— Si vous le voyez, appelez-moi tout de suite sur mon portable !

Nous nous sommes éloignées avant qu'ils aient pu nous poser d'autres questions.

Je me suis mise à claquer des dents. C'était fichu. On ne le retrouverait jamais. J'ai relevé le col de mon blouson et je me suis laissé porter par Saigon, comme un zombi.

La grand-mère de Luc est sortie sur le pas de sa porte au moment où nous remontions l'allée. Elle n'avait rien vu.

— Rentrons, a dit Hélène d'un ton sec.

Nous venions d'atteindre le terrain de cross quand Annam a henni. Un autre hennissement a retenti tout près, derrière un fourré. Hélène a braqué sa torche électrique sur les branchages, qui se sont écartés, révélant des silhouettes.

— Qu'est-ce que vous faites là ?

Je n'avais jamais vu Hélène aussi près de perdre son calme. Il faut dire qu'il y avait de quoi. Encadrant Haiphong et Hué, Luc, Jessica et Mathieu clignaient des yeux d'un air penaud.

— Est-ce que vous vous rendez compte que cela fait une heure que nous cherchons Mathieu ? Que j'ai failli appeler les gendarmes ? Que nous avons imaginé les pires choses ?

(Tiens, elle aussi ?)

Luc a fait un pas en avant.

— Nous... nous ne pensions pas que quelqu'un s'inquiéterait. Nous sommes juste venus au fond du cross pour préparer, euh...

Hélène l'a interrompu :

— Quoi que vous prépariez, vous auriez pu m'en parler, non ? Mathieu est sous ma responsabilité, Luc. Je suis étonnée que toi, si raisonnable d'habitude, tu n'y aies pas pensé.

Jessica est intervenue, les larmes aux yeux :

— C'était une surprise... C'est pour ça... Il ne fallait pas que...

— Il ne fallait pas que quoi ?

Ma sœur a baissé la tête.

— Il ne fallait pas que Léa soit au courant. Mathieu ne voulait pas.

Elle s'est tournée vers moi.

— Je suis désolée, Léa.

La tête bourdonnante, j'ai refermé les doigts sur mes rênes, presque sans avoir conscience de ce que je faisais. L'instant d'après, je trottais à vive allure en direction du club. Personne n'a tenté de me retenir.

11

Où ai-je entendu cette phrase : « Il faut que le spectacle continue » ? Je ne sais plus. Je ne suis pas sûre non plus de comprendre exactement ce que cela veut dire. Mais, ce soir-là, c'était vrai. Je me sentais très mal, mais il n'était pas question d'y penser avant que la représentation soit terminée. Après... après, c'était loin. On verrait.

Autour de la carrière, les projecteurs étaient allumés. Les spectateurs emmitouflés s'entassaient dans la tribune. Il faisait froid. J'ai aperçu papa et maman qui discutaient avec mon ancien professeur de français, M. Caillol. Un peu plus loin, le grand-père de Luc dansait d'un pied sur l'autre pour se réchauffer : il était chargé des éclairages et de la musique. Et, à côté de lui... Ludovic, mon adversaire aux échecs !

Accoudé à la barrière, il regardait autour de lui d'un air amusé. J'ai reculé d'un pas, me dissimulant du mieux possible dans l'ombre dense d'un pin. Que faisait-il là ? J'ai compris quand j'ai vu Chloé lui sauter au cou. Il a perdu aussitôt son air ironique et lui a ébouriffé les cheveux d'un geste tendre, un geste de grand frère.

— Alors, Puce de mer, c'est le grand soir ? Je vais filmer, tu sais. Tu n'as pas intérêt à faire de grimaces !

Oh non ! Il ne manquait plus que ça ! Ludovic allait forcément me voir. J'allais être cataloguée à jamais dans la catégorie « copines de ma petite sœur ». Quant au lycée, y penser me donnait des frissons : j'imaginais déjà les ricanements des filles de ma classe.

— Léa, tu es prête ? On commence dans cinq minutes.

Hélène me faisait signe de me rapprocher des chevaux. Luc, sous la défroque bariolée de Jack, le vieil ivrogne, était prêt à faire son entrée. Juste derrière lui, Mathilde faisait tournoyer, maladroitement, l'immense faux.

— Je n'y arrive pas, pestait-elle. Ce truc est trop grand.

Mathieu lui a ôté l'accessoire des mains et lui a fait une démonstration, avec des gestes lents et précis.

— C'est idiot, a dit Mathilde, que tu ne...

Elle s'est tue, l'air gêné. Mais j'avais déjà pris ma décision. Je me suis approchée de Mathieu. Il a eu un mouvement pour m'éviter, mais j'avais posé les mains sur ses épaules et je le regardais droit dans les yeux.

— Mathieu, ai-je dit en articulant avec soin, je te demande pardon. J'ai été stupide, je m'en rends compte à présent. Tu avais raison, je voulais me faire mousser et rien d'autre. Est-ce que tu m'en veux beaucoup ? Parce que, sinon, j'aimerais que tu reprennes ton rôle. Je sais que tout se passera bien. Je te fais confiance. Et tant pis pour le reste.

Mathieu a froncé les sourcils ; je l'ai senti se raidir et pendant un instant j'ai eu peur qu'il ne se détourne. Puis son visage s'est éclairé. Il a hoché vigoureusement la tête, puis il a fouillé dans sa poche, à la recherche de son carnet.

Deux minutes plus tard, nous foulions à cheval le sable de la carrière, les uns derrière les autres. Isolé par la lumière du projecteur, Luc-Jack braillait une chanson à boire des plus convaincantes. Dans ma main gauche, je tenais serrée une petite feuille de papier sur laquelle je venais de lire :

La surprise, c'est pour toi... aussi.

La légende de Jack à la lanterne reprenait, sous forme de tableaux vivants, les éléments de l'histoire que nous avait racontée Luc. Le vieux Jack sortait de l'auberge, ivre mort, et finissait par s'effondrer ; il voyait alors arriver la Mort avec sa faux, couchant sur son passage chevaux et cavaliers. Mathieu était impérial dans ce personnage du « cavalier d'Halloween », et ses victimes semblaient vraiment terrorisées. Puis Jack s'approchait de la porte du Paradis ; un carrousel de sorcières armées de balais l'entouraient, l'assourdissant de leurs cris stridents et de leurs moqueries méchantes. En rangs serrés, elles le chargeaient en pointant leurs balais jusqu'à ce qu'il s'écroule de nouveau. Elles l'encerclaient alors en formant une roue infernale. Saint Pierre, incarné par Juliette, méconnaissable sous sa perruque blanche, le chassait avec indignation du séjour céleste. Jack se dirigeait alors en titubant vers l'enfer. Là, c'était l'équipe de voltige d'Alix et Jessica qui entrait en scène. Moulés dans des collants écarlates, les diables, dont les cornes dorées étincelaient dans la lumière, se livraient, sur le dos de Dalat également drapé de rouge, à des acrobaties stupéfiantes. Le public a poussé des exclamations lorsque les deux cavalières se sont laissé traîner, la tête en bas, de chaque côté du poney, leurs mains traçant des sillons dans le sable. Elles se sont redressées, ont encerclé le malheureux Jack, le piquant de leurs fourches avec des éclats de rire sardoniques. Le vieil homme, affolé, frappait frénétiquement à la porte de l'enfer. Là, Hélène – un superbe Satan masqué de noir, portant de longs gants sur lesquels maman avait cousu de faux ongles pointus – le repoussait sans pitié. Jack, désemparé, était alors la proie de visions atroces : deux poneys fonçaient sur lui au grand galop, chevauchés par un vampire debout, un pied sur chaque selle. Évidemment, Jessica avait été volontaire pour ce numéro un peu casse-cou de poste hongroise. Sa longue cape noire flottant au vent, elle riait à gorge déployée, sans réaliser que ses fausses dents avaient glissé et se trouvaient à la hauteur de son menton !

J'apparaissais ensuite sur la piste pour faire exécuter à Saigon un pas espagnol rythmé par une musique inquiétante. Mon poney marchait lentement, soulevant très haut les antérieurs et les étirant loin devant lui dans un geste majestueux. Je portais un masque de monstre boursouflé de pustules grisâtres, une perruque verte, un suaire déchiré d'où sortaient des mains de squelette adroitement fixées au tissu (je tenais mes rênes sous les plis du drap). « Chapeau, maman, ai-je pensé en voyant un éclair de vraie frayeur passer dans les yeux de Luc alors que je le frôlais. Tu as réellement du talent, c'est sûr. J'espère que tout le monde s'en rendra compte. » J'étais très fière d'elle.

Jack, à présent, essayait d'allumer une bougie et de la fixer à l'intérieur d'une citrouille. Des cavaliers fantômes se sont précipités en hurlant, lui ont arraché sa lanterne improvisée pour se faire des passes en le narguant. Le pauvre homme courait de l'un à l'autre, mais chaque fois qu'il s'en approchait, l'objet convoité lui échappait. Les fantômes lui ont ensuite lancé la citrouille au visage d'un geste méprisant avant de disparaître. Jack a fixé sa bougie, puis, silhouette désolée et solitaire, il a élevé sa lanterne à la hauteur de ses yeux, pour éclairer quelque peu les ténèbres où il devait errer éternellement.

À ce moment-là, il était prévu que tous les cavaliers rentreraient dans la carrière, une citrouille allumée à la main, pour un tour d'honneur, et le grand-père de Luc avait déjà dû glisser dans la chaîne la cassette de la *Symphonie fantastique* de Berlioz qui accompagnerait le final.

Mais soudain une musique joyeuse a éclaté. Surprise, j'ai tourné la tête vers l'entrée de la carrière. Et j'ai vu...

Deux anges. Deux anges avec des nez rouges en carton, qui ressemblaient plutôt à de joyeux fêtards qu'à des habitants du ciel.

Mathieu et Jessica !

12

Ils avançaient côte à côte, précédés de Haiphong et de Hué, qu'ils dirigeaient avec des longues rênes. Ils ont décrit des figures variées... Partant chacun d'un angle de la carrière, ils se sont rejoints au milieu en appuyer : les poneys, tout en restant parallèles aux grands côtés, se déplaçaient sur une diagonale, en croisant les jambes. Ils ont ensuite pris le trot pour exécuter des voltes symétriques. Mathieu et Jess marchaient derrière leurs poneys, à grandes enjambées précipitées qui leur donnaient un air cocasse. Je me suis tournée vers le public ; des sourires éclairaient les visages. Enfin, les anges sont venus s'arrêter à deux pas de Jack, dont la main tremblante imprimait à sa lanterne des secousses comiques. Jess et Mathieu ont pris leur élan et, un instant plus tard, ils étaient debout sur la croupe de leur monture, les bras levés.

Il s'est passé alors une chose étonnante : ma sœur a commencé à agiter les doigts, à bouger les mains.

Elle s'exprimait en langage des signes ! Luc-Jack lui a répondu de la même manière.

Mathieu s'est alors tourné vers les spectateurs et j'ai vu l'objet qu'il tenait dissimulé jusque-là dans les plis de sa longue robe blanche.

Un porte-voix !

Margaux s'est penchée vers moi :

— Mais je croyais que Mathieu ne parlait pas ? Que va-t-il faire ? Tu le sais, toi ?

Non, je ne le savais pas. Mais je commençais à m'en douter. Le visage de Mathieu était tendu, sérieux à l'extrême. Il a élevé le porte-voix jusqu'à son visage.

Et sa voix a retenti dans la carrière.

C'était une drôle de voix, forte, rauque, au débit haché. Il bougeait les lèvres avec lenteur, comme pour contrôler du mieux possible son élocution. Il traduisait, en langage parlé, les gestes de Luc et Jess ! C'était le monde à l'envers !

— Saint Pierre t'a pardonné, Jack. Il veut bien oublier ton avarice et ta méchanceté. Mais il veut te mettre à l'épreuve : pendant mille ans, tu éclaireras, avec ta citrouille, le chemin qui mène au Paradis, pour réconforter les âmes perdues.

Jack s'est alors jeté aux pieds de Jessica, tout en continuant à remuer les doigts. Mathieu a repris la parole. Il semblait un peu essoufflé, mais il s'appliquait de plus belle.

— Merci, bel ange, ô merci ! Je me repens de mes péchés, mais si vous aviez une petite pinte de bière à me donner, mon bonheur serait complet !

Il y a eu des rires dans l'assistance. Hélène, qui observait la scène en souriant, nous a fait signe. Tenant bien haut nos citrouilles allumées, nous avons entamé notre tour d'honneur au petit trot. Enfin, nous avons fait cercle autour des trois personnages immobiles. Là devait finir le spectacle : mais, rejetant mon masque, j'ai amené Saigon devant Mathieu et je lui ai demandé d'exécuter une révérence.

En me relevant, j'ai vu que Ludovic avait lâché sa caméra et qu'il applaudissait à tout rompre.

— Euh... Léa ? Tu t'appelles bien Léa, non ?

J'ai donné un dernier coup de brosse à Saigon et je me suis retournée. Très, très lentement, car je ne savais pas quelle attitude adopter. J'avais bien une idée : mordre Ludovic et m'enfuir à toutes jambes, mais je pressentais que ce n'était pas la bonne solution. Et puis, j'en avais un peu assez de m'énerver contre tout le monde. Alors j'ai inspiré à fond et j'ai dit la première chose intelligente qui m'est passée par la tête, à savoir :

— Salut.

— Salut.

C'était brillant. J'ai levé les yeux vers lui avec appréhension : les bras croisés, il s'appuyait sur un pied, puis sur l'autre. Il s'est raclé la gorge, puis a désigné la caméra qu'il portait en bandoulière :

— Tu as envie de voir le film ? C'était vraiment bien, tout à l'heure, ton numéro de... euh...

J'ai répondu très vite :

— Pas espagnol. On l'appelle ainsi parce que c'est un air spécifique de l'équitation espagnole. En France, il n'est pas utilisé dans...

Je me suis arrêtée net au milieu de ma phrase.

— Oh, zut. Ça recommence.

— Qu'est-ce qui recommence ? C'était intéressant.

— Eh bien, je recommence à étaler mon savoir... à faire le singe savant, si tu préfères, ai-je conclu avec une certaine amertume.

Il a lâché la courroie de sa caméra.

— Écoute, j'étais un peu vexé, l'autre soir. Je regrette de t'avoir dit ça. C'était super, votre spectacle. Ça m'a donné envie de monter à cheval. Tu crois que je pourrais m'inscrire ?

Je n'en croyais pas mes oreilles.

— Bien sûr !

— Alors je viendrai mercredi avec Chloé. Tu seras là ?

— Oh... oui, sûrement.

— Alors... à mercredi.

— Ludo !

— Chloé t'appelle...

J'ai dénoué la longe de Saigon pour le rentrer dans son box.

— Léa ?

— Oui ?

— Je veux ma revanche aux échecs. On pourrait peut-être faire quelques parties, de temps en temps, après les cours ?

Là, j'ai failli m'étrangler. Heureusement, je n'ai pas eu le temps de répondre et donc de me couvrir de ridicule. Il s'est penché et m'a embrassée sur la joue.

— À bientôt. Et... tu sais...

— Mmm ?

— Tu es très belle, à cheval.

Je l'ai regardé monter sur son scooter et attacher la jugulaire du casque de Chloé. Je devais avoir l'air d'une parfaite idiote.

Mais, pour une fois, ça m'était égal.

Au club des Garrigues, tout finit souvent par une fête, et il n'y a pas eu d'exception à la règle ce soir-là : une demi-heure plus tard, après avoir vérifié que les portes des boxes étaient bien fermées et que tous les chevaux avaient été pansés et nourris, nous étions rassemblés autour de la cheminée du club-house, en train de faire griller des saucisses et des cubes de guimauve – le régal de Jessica. Elle a trouvé ça dans un livre (le seul, ou presque, qu'elle ait ouvert cette année, et il a fallu qu'elle tombe là-dessus !).

Bien sûr, les questions fusaient de toutes parts :

— Pourquoi n'as-tu pas parlé pendant le stage ? a demandé Thomas à Mathieu.

Parce que j'ai beaucoup de mal, a répondu celui-ci sur son petit carnet. *Je parle lentement, on ne me comprend pas toujours bien. Ça demande un gros effort. Il faut que je sois complètement à l'aise, avec des gens qui me connaissent et qui sont habitués à ma façon de m'exprimer.*

— Et toi, comment connais-tu le langage des signes ?

Hayat s'adressait à Luc.

— Ma meilleure amie, dans mon ancienne école, s'appelait Maguelonne, elle était sourde-muette ; c'est elle qui m'a appris. Mais je fais beaucoup de fautes !

C'est vrai, a confirmé Mathieu. *Tout à l'heure, au lieu de réclamer une pinte de bière, tu as demandé...*

— Je ne veux pas le savoir ! s'est écrié Luc au milieu des rires.

Jessica est venue s'asseoir à côté de moi et m'a offert un morceau de guimauve à demi carbonisé.

— Fais un effort, goûte ça. Je te jure que ça manque à ton éducation !

J'ai regardé Mathieu. Il avait posé son carnet sur la table et parlait avec Mathilde. Sa voix, par instants, dominait toutes les autres. Quand il ne se surveillait pas, il sautait certaines syllabes. La fillette fronçait alors les sourcils et lui demandait, sans aucune gêne, de répéter. Il s'exécutait avec bonne humeur.

— Il y a encore beaucoup de choses qui manquent à mon éducation...

J'ai entouré de mon bras libre (de l'autre

main je cherchais un endroit discret pour me débarrasser de la guimauve) les épaules de ma petite sœur.

— ... mais je crois que je suis en train d'apprendre.

Vers dix heures et demie, les parents de Mathieu ont donné le signal du départ. Nous les avons accompagnés jusqu'à leur 4×4. Au moment où la voiture démarrait, Mathieu m'a fait signe à travers la vitre. En décomposant bien ses gestes, il a levé la main droite, majeur et annulaire repliés ; il a porté l'index sur sa tempe puis a baissé sa main en repliant l'index. Il a ensuite passé deux fois le bout de ses doigts sur son menton, comme pour enlever une miette. J'ai secoué la tête, sans comprendre. Nous avons couru le long de l'allée pour les escorter. Quand les feux arrière du 4×4 ont disparu derrière le premier tournant de la route, je me suis tournée vers Luc.

— Qu'est-ce qu'il a dit, tout à l'heure ?

Luc m'a souri largement.

— Il a dit : sans rancune !

En Selle!

1. Un poulain est né
2. Rivales
3. Coup de théâtre au club
4. Tempête sur le club
5. Jessica à la rescousse
6. Tao en danger
7. Balade en Camargue
8. Alerte au feu !
9. Erreur de parcours
10. Le silence de Jasmine

Si tu aimes les chevaux, découvre aussi :

Heartland

1. **Je reste !**
2. **Après l'orage...**
3. **Une nouvelle chance ?**
4. **Le prix du risque**
5. **L'impossible retour**
6. **Un jour, tu comprendras**
7. **Le champion brisé**
8. **Le cœur noué**
9. **Le messager de l'espoir**
10. **Une ombre au tableau**
11. **La vérité... ou presque**
12. **D'obstacle en obstacle**
13. **Coups du sort**
14. **Tout change !**
15. **Une autre famille**
16. **Un retour mouvementé**
17. **Un espoir dans la nuit**
18. **Le courage de partir**
19. **Le choix d'une vie**
20. **Un si grand bonheur**

Le guide de Laura ***(hors-série)***
Souviens-toi, Laura ***(hors-série)***

Cet ouvrage a été composé par
PCA - 44400 REZE

Impression réalisée sur Presse Offset par

BRODARD & TAUPIN

GROUPE CPI

La Flèche (Sarthe), le 21-04-2005
N° d'impression : 29612

Dépôt légal : novembre 2003
Suite du premier tirage : avril 2005

Imprimé en France

POCKET jeunesse

12, avenue d'Italie • 75627 PARIS Cedex 13

Tél. : 01.44.16.05.00